나는 당신을 믿어요

미야니시 타츠야 글·그림 | 송소영 옮김

옛날 옛날 아주 먼 옛날,
숲속에 트리케라톱스
가족이 살았어요.
어느 날 이들은 빨간 열매를
따러 산으로 갔지요.
아빠 트리케라톱스가
나무를 쿵 하고 들이받자,
열매가 마구 떨어졌어요.

후두둑.
후두둑.

달리

그런데
빨간 열매를 잔뜩 줍고 나니
비가 내리기 시작했습니다.
주룩주룩.
주룩주룩.

트리케라톱스 가족은 비를 피해 동굴로 들어갔어요.
빨간 열매를 먹으며 비가 그치기를 기다렸지요.
아빠 트리케라톱스가 어린 리케라에게 말했어요.
"리케라, 이 빨간 열매는 병을 낫게 해 준단다.
마음도 상냥하게 해 주는 신기한 열매지."
"진짜 굉장한 열매네요, 아빠."

그때, 우르르 쾅쾅쾅!
땅이 흔들렸어요.
바윗덩이가 데굴데굴 굴러 떨어졌지요.
"빨리 밖으로 나가라! 여긴 위험해!"
아빠 트리케라톱스가 소리쳤지만,
엄마와 리케라는 무서워서 움직이질 못했어요.
커다란 바위가 동굴을 막으려고 했어요.
아빠 트리케라톱스는 리케라의 등을 퉁 쳐서
동굴 밖으로 내보냈지요.

다행스럽게도 리케라는 부드러운
풀 더미 위에 떨어졌습니다.

땅은 곧 잠잠해졌어요.
하지만 큰 바위가 동굴을 꽉 막아 버리고 말았지요.
"아빠—! 엄마—!"
리케라가 소리치자 동굴 안에서 소리가 들려왔어요.
"걱정하지 마라. 이런 바위쯤이야……."
아빠 트리케라톱스는 바위를 힘껏 밀었어요.
하지만 바위는 꼼짝도 하지 않았지요.
"어떡해요? 안 될 것 같아요, 아빠."
"무슨 말이냐. 안 되는 일은 없단다."
"그럼 제가 도와줄 이들을 데려올게요."
리케라는 숲으로 달려갔어요.

많은 공룡이 도와주러 왔지요.
"난 숲에 사는 공룡 가운데 가장 머리가 단단해."
파키케팔로사우루스가 머리로 바위를 깨뜨리려 했어요.
쿵, 쿵!
하지만 바위는 꼼짝도 하지 않았지요.
"아, 이건 못 깨겠다."
파키케팔로사우루스는 비틀거리며 말했어요.

"내가 나서야겠군!"
아나토티탄이 커다란 입으로 바위를 내리쳤어요.
탕!
이번에도 바위는 끄떡도 하지 않았지요.
"이런, 내 뾰족하고 귀여운 오리 주둥이가
상처투성이가 됐어."

"그렇다면 내가 해보지!"
스티라코사우루스가 뿔로 바위를 들이받았어요.
빠악!
오히려 뿔이 부러지고 말았지요.
"아……! 나, 나의 멋진 뿔이……."

이번에는 사이카니아가 나섰어요.
"내게 맡겨! 꼬리로 부수겠어!"
사이카니아가 꼬리로 바위를 내리쳤어요.
텅, 텅!
하지만 커다란 바위는 그대로였지요.
"이, 이렇게 단단한 바위는 처음이야."
"도저히 안 되겠어. 우리 힘으로는 안 돼."
모두 입을 모아 말했어요.

그러자 리케라가 울면서
혼자 바위를 치기 시작했어요.
통, 통.
"그만두어라! 너는 절대 못 깬단다.
이 바위를 깰 수 있는 공룡은 어디에도 없어!
아, 아니 한 녀석이 있긴 한데……."
아나토티탄이 중얼거렸어요.

"누구예요? 그 공룡이 누군지 알려 주세요!
제가 찾아가 도와 달라고 부탁할게요."
"그게 말이다, 말도 꺼내기 전에 잡아먹히고 말 거야.
그 녀석은 말이지…… 무시무시한……."
아나토티탄은 귓속말로 소곤소곤 알려 주었어요.

리케라는 열심히 달렸어요.
산을 넘고 강을 건너 어두침침한
골짜기에 다다랐지요.
"저, 저를 잡아먹으세요!"
리케라가 크게 외쳤어요.

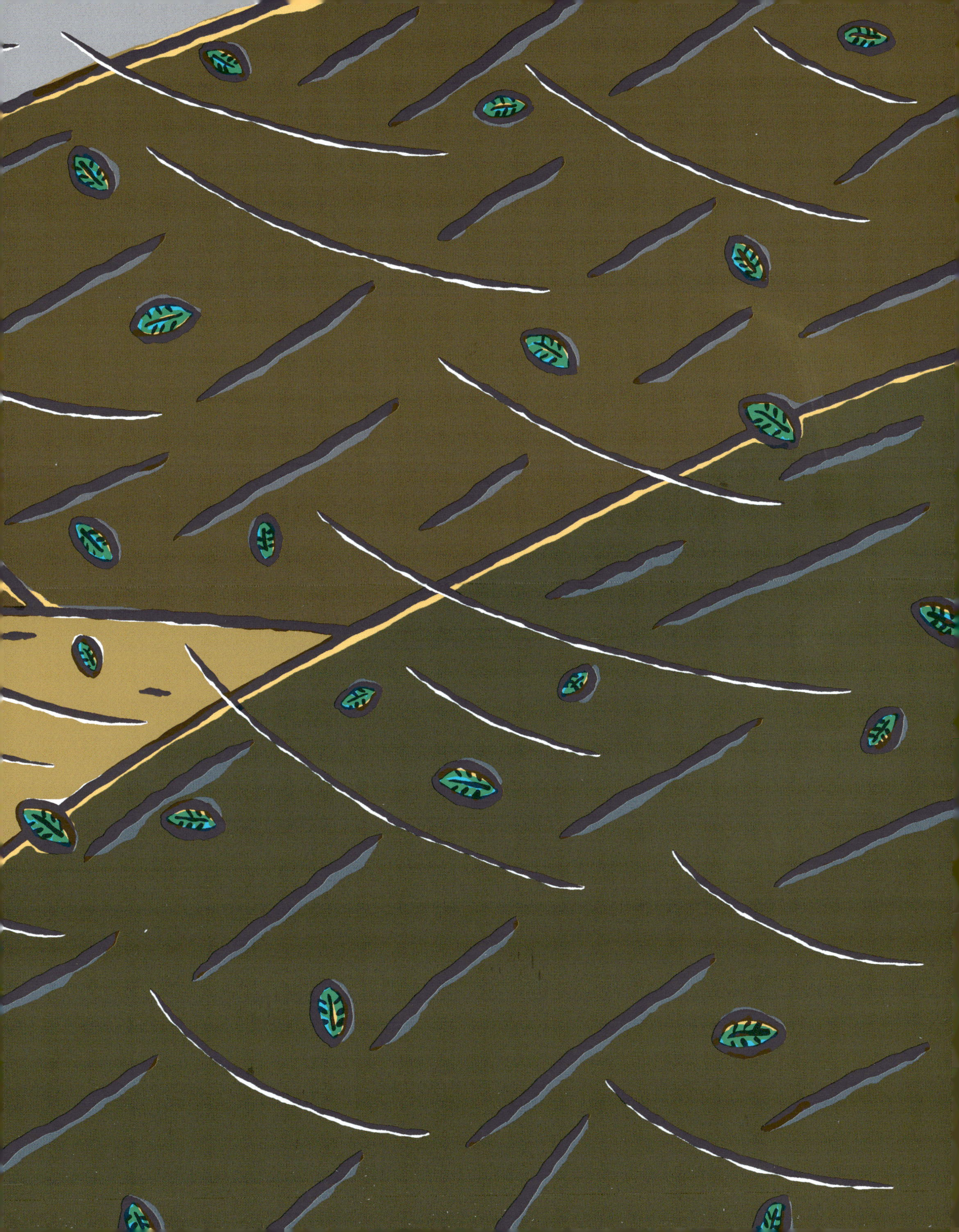

쿠아아아아아!

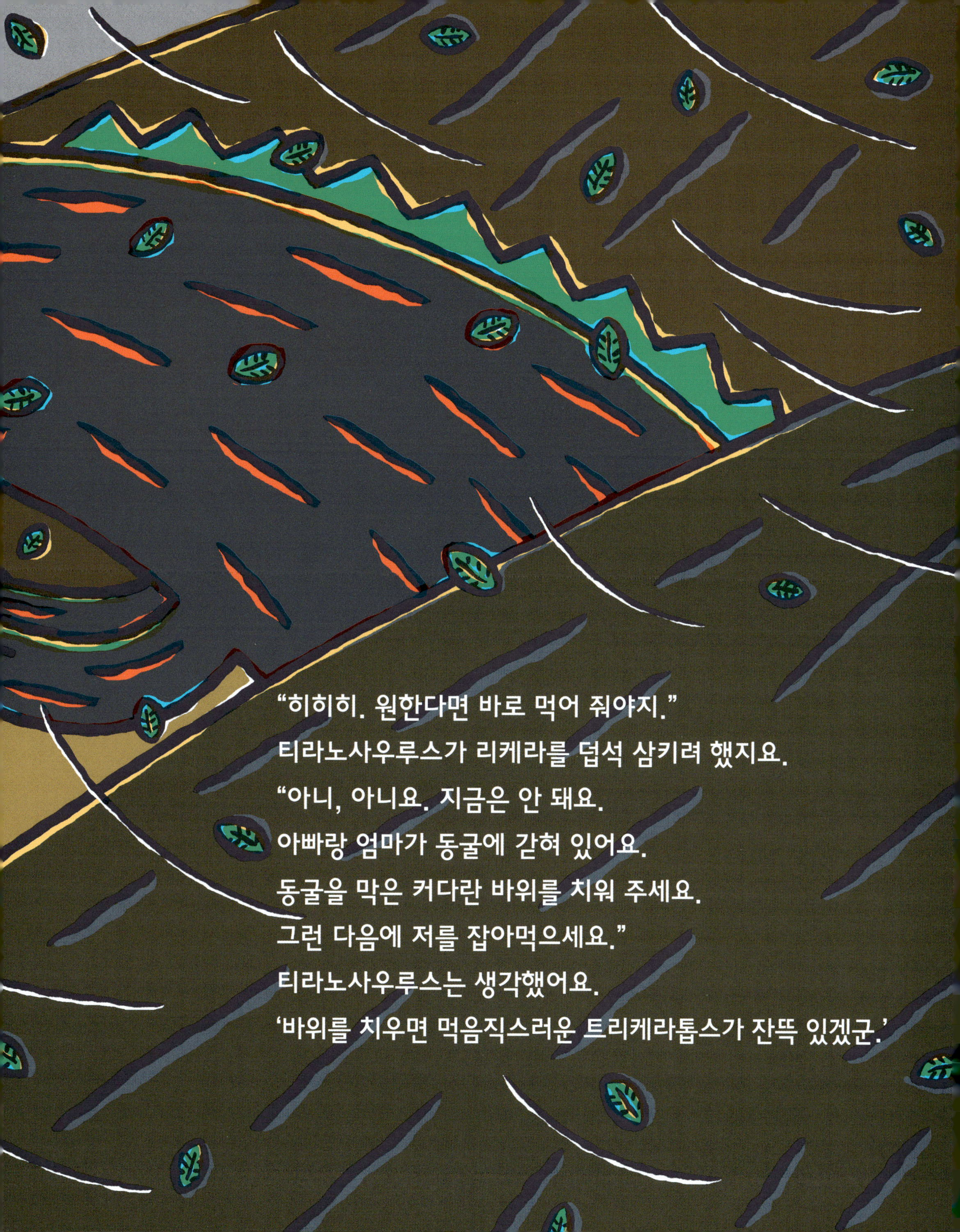

"히히히. 원한다면 바로 먹어 줘야지."
티라노사우루스가 리케라를 덥석 삼키려 했지요.
"아니, 아니요. 지금은 안 돼요.
아빠랑 엄마가 동굴에 갇혀 있어요.
동굴을 막은 커다란 바위를 치워 주세요.
그런 다음에 저를 잡아먹으세요."
티라노사우루스는 생각했어요.
'바위를 치우면 먹음직스러운 트리케라톱스가 잔뜩 있겠군.'

리케라는 티라노사우루스를 동굴 앞으로 데려왔어요.
"이 안에 아빠랑 엄마가 갇혀 있어요."
"이히히, 동굴에 맛있는 먹이가 있다고?"
티라노사우루스는 온몸으로 바위를 쳤어요.

하지만 바위는 꿈쩍도 하지 않았지요.
티라노사우루스는 어지러워서 비틀거렸어요.
"아저씨, 괜찮으세요?"
"그, 그럼 괜찮고말고.
바위가 얼마나 단단한지 알아본 거야!"

둘은 해가 져도 계속 바위를 쳤어요.
쾅, 쾅.
티라노사우루스는 동굴 속에 있는
맛있는 먹이를 먹으려고 쾅.
통, 통.
리케라는 동굴 속에 있는
아빠와 엄마를 구하려고 통.

둘이서 바위를 치는 소리가
고요한 밤하늘에 울려 퍼졌지요.
쾅, 쾅.
통, 통.

쾅! 쾅!
"으윽⋯⋯."
티라노사우루스가 머리를 감싸 쥐었어요.
"아저씨⋯⋯. 피, 피가 나요."
"이 정도쯤 별것 아니야. 괜찮다⋯⋯."
티라노사우루스는 다시 바위를 쳤어요.

"잠깐만요!"
리케라는 숲으로 달려갔어요.

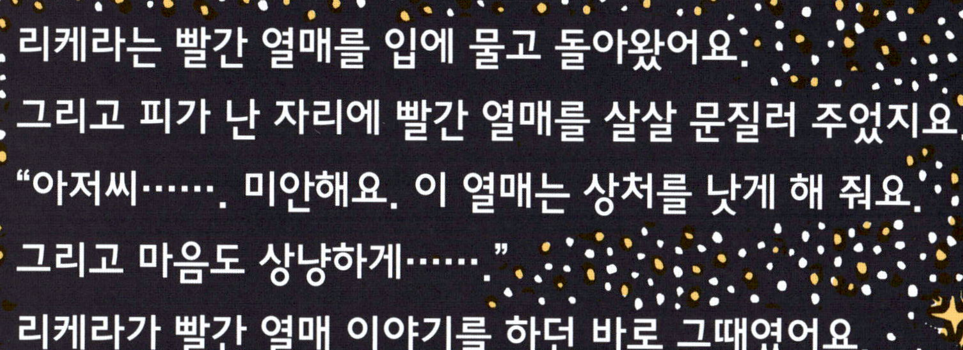

리케라는 빨간 열매를 입에 물고 돌아왔어요.
그리고 피가 난 자리에 빨간 열매를 살살 문질러 주었지요.
"아저씨……. 미안해요. 이 열매는 상처를 낫게 해 줘요.
그리고 마음도 상냥하게……."
리케라가 빨간 열매 이야기를 하던 바로 그때였어요.

휘-익!
티라노사우루스의 머리로
돌멩이가 날아왔어요.
"아저씨, 위험해요!"

폴짝!
퍽!

"누가 이런 짓을 한 거야!"
티라노사우루스는 쓰러진 리케라를 품에 안고 소리쳤어요.
스티라코사우루스, 파키케팔로사우루스,
사이카니아, 그리고 아나토티탄이 한 짓이었어요.
"사나운 티라노사우루스는 어서 돌아가!"
모두들 티라노사우루스가 무서워 멀찍이서 소리만 질렀어요.
"이 아저씨는 사납지 않아요. 저는 아저씨를 믿어요."
리케라가 티라노사우루스의 팔에 안긴 채 말했어요.

모두 깜짝 놀랐어요.
"뭐? 티라노사우루스를 믿다니?
바위를 치우면 너희 가족을 모두 잡아먹을 거야."
공룡들은 황당해하며 돌아가 버렸지요.

둘은 함께 나란히 누웠습니다.
"어디 보자. 괜찮니?"
티라노사우루스는 리케라가 다친 곳에
빨간 열매를 발라 주었어요.
"너…… 정말로 나를 믿니?"
티라노사우루스는 넌지시 물었지요.

“네! 모두 돌아갔지만, 아저씨는 끝까지 저를
도와주시잖아요.
아저씨는 나쁜 공룡이 아니에요! 전 믿어요.
그러니까 아저씨도 저를 믿어 주세요.
저 바위를 치우면…… 아저씨의 먹이가 될게요.”
리케라는 이렇게 말하고는 잠이 들었어요.

다음 날도 그다음 날도,
티라노사우루스는 계속 바위를 쳤어요.
그리고 그다음 날이었어요.
쾅, 쾅.
빠직, 빠직, 빠직.
"아, 아저씨, 드디어 바위에 금이……."

그리고 밤이 되자 바위가 쩌억 갈라지기
시작했지요.
"이제 조금만 더 하면……."
티라노사우루스는 힘껏 바위를 쳤어요.
그러자 전에 다쳤던 상처에서 다시 피가 났지요.
"아저씨, 그만하세요."
리케라가 빨간 열매를 바르려고 했어요.
"비켜라—! 조금만 더 하면 된다!"
그러고는 빨간 열매를 한쪽에
던져두었지요.

큐오아아아이
!

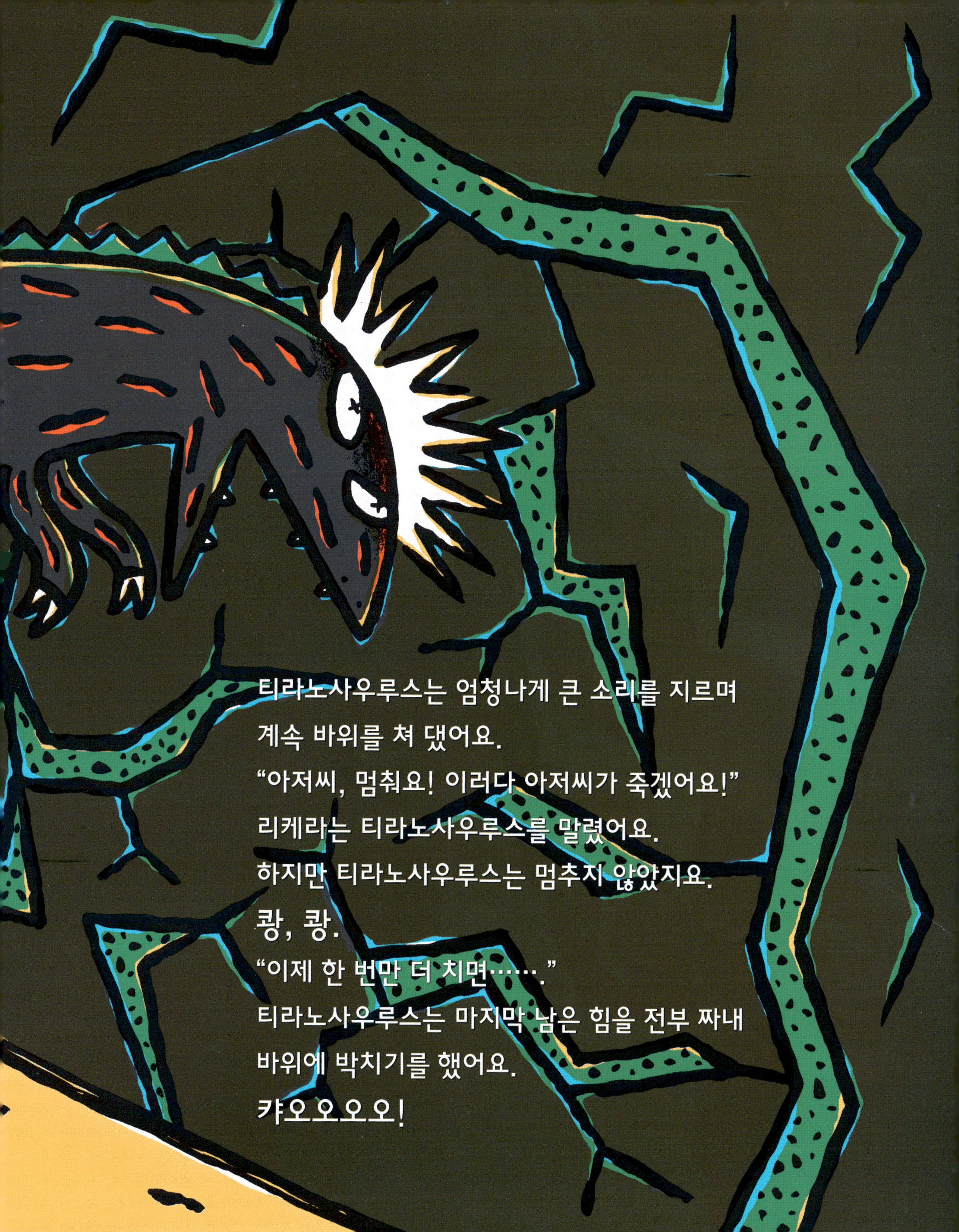

티라노사우루스는 엄청나게 큰 소리를 지르며
계속 바위를 쳐 댔어요.
"아저씨, 멈춰요! 이러다 아저씨가 죽겠어요!"
리케라는 티라노사우루스를 말렸어요.
하지만 티라노사우루스는 멈추지 않았지요.
쾅, 쾅.
"이제 한 번만 더 치면……."
티라노사우루스는 마지막 남은 힘을 전부 짜내
바위에 박치기를 했어요.
캬오오오오!

우직, 우직, 우지직!
바위가 깨어져 산산이 부서졌어요.
"드, 드, 드디어 깼다!"
티라노사우루스는 털썩 쓰러졌어요.
동굴 속에는 아빠와 엄마가
정신을 잃고 쓰러져 있었지요.

"어서 네 아빠와 엄마에게 가 보렴.
나는 목이 마르구나.
강에 가서 물을 마시고 와야겠다……"
티라노사우루스는 일어나서 휘청휘청
걸어갔어요.

"아저씨……. 고마워요. 아저씨를 믿기를 잘했어요.
저는 여기서 기다릴게요. 저도 약속을 지킬 거예요."
티라노사우루스는 기쁘다는 듯이 고개를 끄덕였어요.
그러고는 조금 전에 던져둔 빨간 열매를 맛있게 먹었지요.

하지만 리케라는 그날 이후 다시는
티라노사우루스를 만날 수 없었어요.

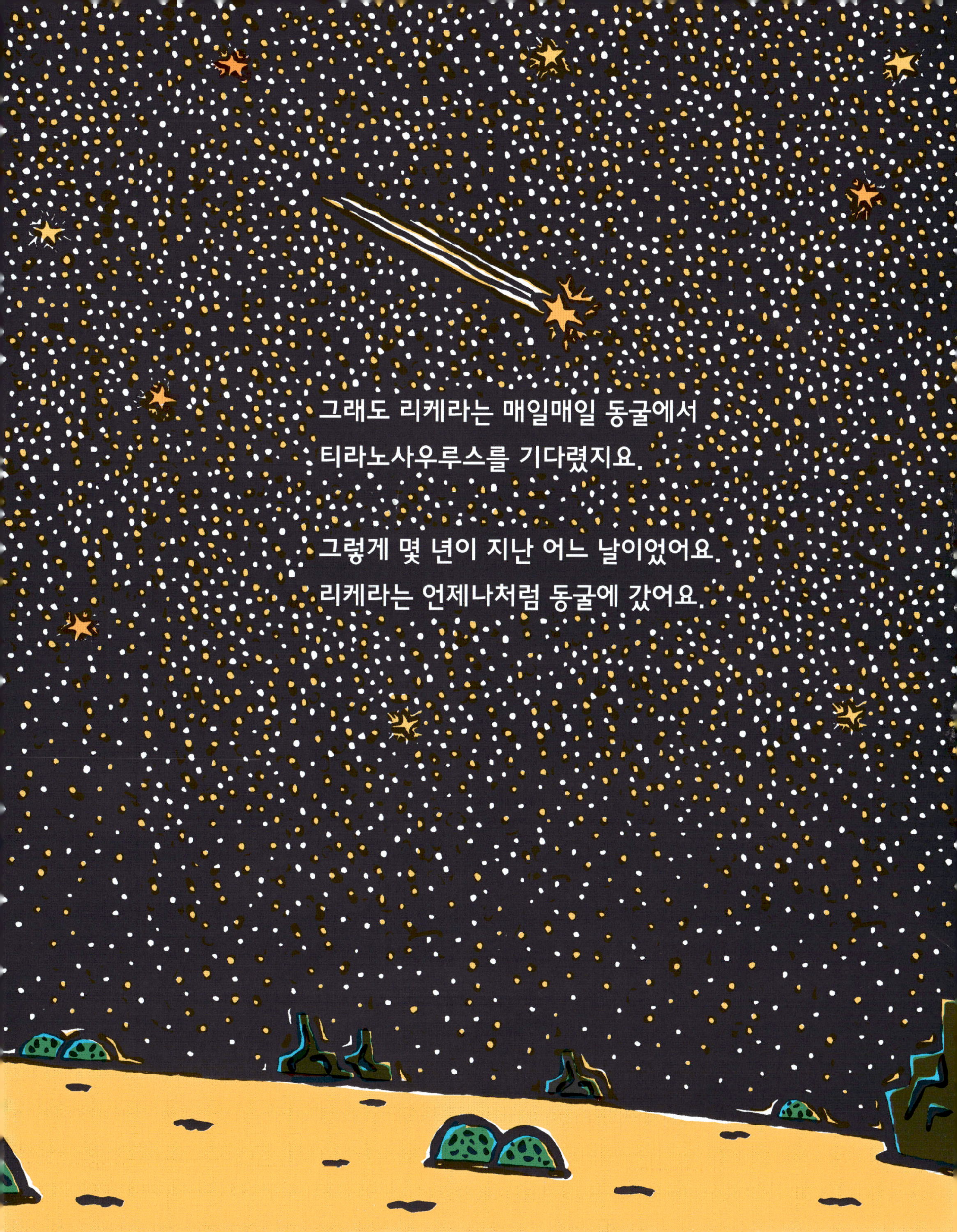

그래도 리케라는 매일매일 동굴에서
티라노사우루스를 기다렸지요.

그렇게 몇 년이 지난 어느 날이었어요.
리케라는 언제나처럼 동굴에 갔어요.

그런데 바위 위에 빨간 열매 하나가
놓여 있는 게 아니겠어요.
"아, 아저씨다. 아저씨, 고마워요."
리케라는 반갑고 기뻐서
빨간 열매를 계속해서 바라보았답니다.

미야니시 타츠야는 일본 시즈오카현에서 태어나 일본대학 예술학부 미술학과를 졸업했습니다. 인형미술가, 그래픽 디자이너를 거쳐 그림책 작가가 된 미야니시 타츠야는 개성 넘치는 그림과 가슴에 오래 남는 이야기로 전 세계 독자들에게 널리 사랑을 받고 있습니다. 〈고 녀석 맛있겠다〉 시리즈 외에도 《엄마가 정말 좋아요》, 《말하면 힘이 세지는 말》, 《신기한 씨앗 가게》, 《찬성!》, 《메리 크리스마스, 늑대 아저씨!》 등 많은 책이 우리나라에 소개되었고, 《고 녀석 맛있겠다》로 '겐부치 그림책 마을' 대상을, 《오늘은 정말 운이 좋은걸》, 《누구 젖?》으로 고단샤 출판문화상 그림책 상을 받았습니다.

송소영은 일본 레이타쿠 대학과 대학원에서 일본어를 공부했습니다. 저자의 마음까지 전하는 번역을 위해 노력하며 좋은 책을 소개하는 번역 기획도 하고 있습니다. 옮긴 책으로는 《모두 다 사랑해》, 《나는 당신을 믿어요》, 《고마워, 사랑해》, 《영원히 함께해요》, 《미니부케와 세 마녀》, 《누구나 할 수 있는 멋진 마법》, 《허브 정원의 피아노 레슨》 외 다수가 있습니다.

나는 당신을 믿어요

1판 1쇄 펴냄 2015년 7월 7일
1판 14쇄 펴냄 2024년 9월 26일

글·그림 미야니시 타츠야 | 옮긴이 송소영
편집 정재은 | 디자인 심흥섭
펴낸이 박소연 | 펴낸곳 (주)도서출판 달리
등록 2002.6.4(제10-2398호)
주소 04008 서울특별시 마포구 희우정로 16길, 17-5
전화 02)333-3702 | 팩스 02)333-3703
ISBN 978-89-5998-240-0 74800
ISBN 978-89-90364-52-4(세트)